KB130738

유목의 식사

김영재

전남 순천 출생. 1974년 《현대시학》 등단.
시집 『목련꽃 벙그는 밤』 『녹피 경전』 『히말라야 짐꾼』 『화답』 『홍어』
『오지에서 온 손님』 『겨울 별사』 『화엄동백』 『절망하지 않기 위해 자살
한 사내를 생각한다』 『참나무는 내게 숯이 되라네』 『다시 월산리에서』,
시화집 『사랑이 사람에게』, 시조선집 『참 맑은 어둠』 『소금 창고』, 여행
산문집 『외로우면 걸어라』 등 출간.
유심작품상, 순천문학상, 고산문학대상, 중앙시조대상, 한국작가상, 이호
우시조문학상, 가람시조문학상 등 수상.
chaekjip@naver.com

유목의 식사

—

초판 1쇄 2022년 1월 28일
지은이 김영재
펴낸이 김영재
펴낸곳 책만드는집
—

주소 서울 마포구 양화로3길 99, 4층 (04022)
전화 3142-1585·6
팩스 336-8908
전자우편 chaekjip@naver.com
출판등록 1994년 1월 13일 제10-927호
ⓒ 김영재, 2022
—

* 이 도서는 한국출판문화산업진흥원의 '2021년 출판콘텐츠 창작 지원 사업'의 일환
으로 국민체육진흥기금을 지원받아 제작되었습니다.
—

ISBN 978-89-7944-793-4 (04810)
ISBN 978-89-7944-513-8 (세트)

한국의 단시조

034

유목의 식사

김영재 시집

책만드는집

산길을 걷는 것은 아름다운 일이다. 그러나 힘든 코스를 선택하면 내가 선택한 만큼 힘든 일을 견뎌야 한다. 그 견딤의 순간에 희열을 느끼기도 한다. 나의 단시조 쓰기가 그러하다.

시조는 짧은 글이다.
단시조는 더 그렇다.
"글은 덧붙이면서 만드는 게 아니라 생략하면서 창조하는 것이다."(스티븐 킹)

짧은 글로도 사람의 마음을 움직일 수 있다고 나는 믿는다. 간결하고 순수하게 독자와 만나고 싶다.

2022년 1월
김영재

| 차례 |

1부 그립다고 그가 오나

2부 유목의 식사

3부 그리운 담양

4부 나에게 물었다

5부   문수사 오르는 길

1부

그립다고 그가 오나

그립다고 그가 오나

그립다고 그가 오나
외롭다고 바람 부나

나무는 그 자리에
사시장철 서 있는데

꽃 지고
열매 떨어져
서럽다고 그가 오나

쏜살

오늘도 하루를
자벌레로 살았다

한 달은 가을볕 아래
허리 펴면 또 한 달

농담이
진담인 나이
내 삶은 쏜살이었다

오래된 소나무

삼천사 마애불 지나
계곡길 오르는데

아름드리 소나무
태풍에 쓰러졌다

사람들
밟고 가시라
다리 되어 누워 있다

묵언

온 산에
불붙은 듯
진달래 붉은 잔치

숲 그늘
부처바위
눈 감고 앉아 있다

벌 나비
소란 떨어도
입도 귀도 다 닫고

욕심

설악산 천불동에
돌 하나 올려놓고

나 잘되자고 은근슬쩍
두 손 모아 빌었는데

마등령
넘던 바람이
싱겁게 웃고 간다

지다

생목으로 떨어지는
동백꽃 절창이다

다산초당 비류폭포
연못에 맴을 돌며

해배를
기다리는 단심丹心
절명이 절창이다

유목의 삶

가야 할 곳 없어도
갈 곳을 만들며 간다

머무는 너를 두고
오겠다는 약속 못 했다

돌아와
너를 찾았다
너는 가고 없었다

자락길

안산 자락길 걷는
할머니 숨 가쁘다

자식 낳고 키워서
결혼시켜 보냈는데

자식의
자식 키우는 일
자락길보다 가파르다

밥 한 그릇

밥그릇 밑바닥을
긁어대는 숟가락

그 소리 하도 좋아
그 식당 자주 간다

한 그릇
거뜬히 비우는
그 사람 나는 좋다

한 나무가 한 나무에게

한 나무가 쓰러져
한 나무에게 기댄다

겨울 가고 봄이 와
기댄 채 새잎 돋고

쓰러진
가지 끝에서
꽃 한 송이 피웠다

운문사 일진 스님

운문사 일진 스님께
한 말씀 청했더니

말씀은 없으시고
빙그레 또 빙그레

수줍음 만발하여라
겨울밤 환하더라

* 연시조 「운문에서 잠시」를 단시조로 개작함.

22

봄물

나는 물이었으니
얼음장 뚫고 나와

숲속 개울 바위틈
청정하게 흘러들어

혹한의
겨울 이야기
난바다에 들려주리

그해 병신년

강원도는 폭설이고
광화문은 촛불이고

여의도는 모른다고
배반자라 소리치고

병신년 한 해 그렇게
어이없이 지나갔다

내 안의 먼지

둘레길 내려와서 흙먼지를 털었다

털릴 먼지 없어서 내 속 먼지 털렸다

다음에 산에 갈 때는 마음 털고 가야겠다

질문의 시

세상의 질문에 한 가지 답만 있을까

성인이 말하기를 빛과 소금 되라 일렀다

한 줌의 재로 흩어진 그의 삶은 무엇일까

2부

유목의 식사

겸손

게르의 낮은 문틀에 이마를 자꾸 찧었다

들어가고 나갈 때 몇 번씩 되풀이했다

머리를 숙이지 않고 겸손을 모른 탓이다

유목의 식사

어설프게 말을 몰아 돌아온 몽골의 밤

유목의 낯선 식사는 야생 염소 통구이

육질은 비리고 질겼다

나의 삶도 그러했다

몽고반점

난생처음 대평원에서
지는 해를 보았다

바람 소리 화살처럼
거칠 것이 없었다

사막이
끝나는 지점
몽고반점 해가 졌다

바이칼에서

바람꽃을 보여줘
바이칼에 핀 그 꽃

봄 되면 고향 뒷산
꿩의바람꽃 피는데

된바람
시베리아 땅
바람꽃 핀다는데

윤효 시인 건배사

바이칼에서 몽골까지
열흘은 짧았다

낮밤 없이 달렸고
밤낮 없이 마셨다

잔 들고
바이칼! 하면 몽골!
다 함께 건배!!

몽골의 밤

초원에 밤이 오고
이틀째 비가 내렸다
젖은 장작 쉽사리
불이 붙지 않았다
매캐한
연기를 마시며
보드카에 취해 잤다

새벽 별

시베리아 출발한 몽골행 열차를 탔다
자작나무 숲 지나 초원을 달렸다
국경을 지날 무렵에 새벽 별이 길을 물었다

몽골 초원

키 작은
풀을 먹고
말과 양이 살찌는

몽골 초원 아득해
길 잃기 좋은 장소

못 잊을
사랑 그리워
헤매기 좋은 그곳

초원에서 열흘

한 열흘
몽골 초원
게르에서 기다렸어요

밤이면 별을 세고
낮에는 말을 먹여

해 저문 지평선 너머 당신 함께 가려고요

낙마

바람보다 빠르게
말달리던 칭기즈칸

제국을 건설하고
서역을 제패했다

초원에 돌아온 영웅
낙마해서 졸하다

립 서비스

몽골에서 물었다 한국의 좋은 점을

물 인심 화장실 인심 나쁜 점을 물었다

밥 한번 먹자 건네는 실망스러운 립 서비스

술 없는 날

몽골 여행 며칠째 칭기즈칸 마상馬像 앞
보드카 한잔 권하려 주점을 찾았는데
어쩌나 한 달에 한 번 음주 불가 금주일禁酒日

초원의 밤

바람은 바람끼리 몰려왔다 몰려가고

풀잎은 풀잎끼리 꽃 피우고 잠이 들고

밤 되면 어린 별들이 반짝이며 꿈꾸고

3부

그리운 담양

어머니의 집

고향이 수몰되고 어머니 길 떠나셨다

나는 순례자 틈에 끼어 천축을 떠돌았다

돌아와 갈 곳이 없어 담양 묘지 찾아갔다

죽마고우길

대나무 말을 타고
달리던 그 고샅을

객지에서 고향 잊고
아등바등 살다가

죽녹원
대숲 사잇길
꿈처럼 달려본다

영자와 달래 씨

송광사 아랫마을
환갑 지난 여동생

매제 먼저 보내고
강아지 달래와 산다

봄 오면
산나물 뜯어
고향 소식 보내면서

만첩홍도화
― 홍사성 시인에게

봄비 속 만첩홍도화
비에 젖어 애잔하다

이역만리 이민 간 딸
신혼살이 잘하는지

꽃 보는
아버지 마음
가랑비 무심하다

고향길

이 길을 가다 보면 마을이 기다린다

어린 날 허둥지둥 떠났던 산모롱이

삐비꽃 씹고 씹어도 배곯아도 즐거웠던

대나무

대나무는 가늘고 길게
일 년 크고 키를 멈춘다

키 멈춘 대나무는
조금씩 속을 비운다

바람에
흔들리면서
푸르러지면 그뿐,

그리운 담양

어머니 하고 부르면
담양에서 답하신다

어머니 보고 싶으면
담양이 고향이다

어머니
담양에 잠들고
나는 멀리 서울 산다

낮달

할머니 흰머리에 꽃 꽂는 할아버지

꽃이 좋아 꽃산 오르는 진달래 봄날 오후

솔바람 쪽머리 다듬고 낮달 혼자 떠 있다

목수 화가 이경언

비 오는 날 공치는 날
술 마시기 아까운 날

중뿔나게 이곳저곳
전화질도 안 한다

강원도
홍천 산막에서
비탈산을 그린다

전화 한 통

나 알겠니 한마디
잊지 않았겠지?!

왜 그 말이 짠할까
왜 그 말이 서러울까

오래전
떠나온 고향
문득 받은 친구 전화

고향 가을

자주 꽃 쑥부쟁이 곱게 피는 가을 오면
어머니 마른 무릎 위로하는 벼 이삭들

매미는
목이 쉬어 떠나고
당산나무 잎이 진다

2020년 봄 산행

등산로 초입 팻말
반려동물 출입금지

개 고양이 반려 없으니
나는 무담시* 뻘쭘하고

친구들 코로나 피해
두문불출 나 홀로

* '괜히'의 전라도 말.

죽순

연두 바람 일렁이는
대숲에 가보았다

한 겹씩 고요 속에
껍질을 벗고 있다

연초록 마디를 뻗어
하늘 향해 솟구쳤다

농부 방기정

그는 그의 봄날에
평생 살던 산골에서

추운 겨울 견디고
봄 농사 나갔다가

비탈밭 언덕 오르다
경운기와 함께 갔다

입추

어제는 매미가 자지러지게 울더니

오늘은 여치가 문 앞에 찾아왔다

소나기 슬쩍 지나고 잠자리 낮게 날다

물을 쓸다

소나기 지나간 뒤
빗자루를 들었다

물은 본디 안에서
밖으로 흐르거늘

마당이 안으로 기울어
고인 물을 쓸었다

학습

그림자 쉬어 가는 식영정息影亭에 눌러앉아

나도 그림자 되어 석 달 열흘 뒹굴었다

뒹굴고 빈둥대면서 노는 법을 배웠다

4부

나에게 물었다

매리설산

더 오르지 않겠습니다
더 사랑 않겠습니다

당신은 높이 계시고
나는 낮은 곳에서

무작정
살았던 날들
빙하 녹듯 흐릅니다

나무의 사랑법

나무는
사랑을 말하지 않는다

바람 살랑
소롯길에 잎 살짝 흔들어주고

때 되면
꽃잎 몇 송이
가을 오면 단풍 한 잎

땀방울

머릿속에 끼어 있는
생각을 지우고 싶다

내 몸이
백지 아니라
지우개로 지울 수 없다

바위산
힘겹게 올라
땀방울로 지운다

맹물

눈물은 짜고 맵다
맹물은 싱겁다

맹물은 맹탕이지만
눈물을 씻어준다

지상의
가장 뜨거운
기적이자 축복, 맹물

그대가 꽃이라면

그대가
꽃이라면
아픔을 겁내지 마라

아픔이
두렵거든
벌 나비 멀리하라

벌 나비
떠나지 않거든
꽃잎 고이 접어라

가재하고 놀았다

삼천사 계곡에서 가재하고 놀다가

늦은 점심 함께 먹고 문수사 올랐는데

뒷걸음 가재 따르다 삼천사 다시 왔다

앵두

혼자 계신 할머니 집
앵두꽃이 환하다

봄비 다녀간 후
앵두꽃 떨어지고

빨갛게
앵두가 익어
볼 붉어진 할머니

나에게 물었다

카인은 꽃을 심어 붙박이로 살았고

아벨은 꽃을 꺾어 유목으로 떠돌았다

나에게
나는 물었다

꽃을 심고 꺾은 이유를

껍질 벗는 매미에게

젖은 날개 마르면

바람처럼 살 수 있어

너에게는 소중한

날개의 시간들

매미야

날개를 펼쳐

날아봐, 어서 울어

NG 내다

그때 나는
떨면서 최선을 다했다

당신이
뭐라 해도
청춘 걸고 버텼다

내 인생
NG를 내도 한목숨 걸었다

아버지 나무

아버지 무덤에 나무를 심어야겠다

고향이 수몰된 지 사십 년이 지났다

나무는 아버지처럼 고향을 지킬 것이다

어른이 된다는 것

사람도 나이 들면
나무에게 배운다

오래된 나무들은
잎을 조금 틔운다

자라는
어린것들에게
햇빛 가리지 않으려고

동백 그늘

어영부영 겨울 가고
흐지부지 새봄 왔다

야리야리 햇볕 속
새록새록 돋는 허기

동박새
꽃그늘 아래
짝짓기 한창이다

고요

산벚꽃 지는데
잘 가라 봄비 내린다

가던 길을 멈추고
비를 맞고 서성였다

산꿩이
외롭게 울자
봄 산이 저물었다

가을 멸치

푸른 바다 노닐던
멸치가 찾아왔다

가을볕에 바짝 말라
홀가분한 뼈와 살로

그물에
걸리지 않은
파도는 두고 왔다

마을 어귀

가을 저녁 찬 바람에
힘없이 잎은 지고

지상의 어둠 속을
떠도는 노숙자들

먼 데서
개 짖는 소리
사람이 사나 보다

너에게 가는 길

하필이면 홍매 아래 바람에 취해 잤다

햇볕 쨍한 여린 봄날 밤중인 듯 뒤척였다

그것이 꿈이라 해도 너에게 가는 길이다

5부
문수사 오르는 길

소원

동학사 소원탑 아래
소원 없이 서 있었다

남의 소원 궁금해
리본을 들춰봤다

아홉 살
지렁이 글씨

엄마 아빠 안 싸우면 좋겠어요

아버지가 산이다

시각장애 아들과
아버지가 산 오른다

아버지는 아들 손
놓지 않고 걷는다

아들은
세상을 보았다
아버지가 산이다

새의 부활

산마을 유리창에
새가 부딪쳐 죽었다

높고 푸른 하늘이
쩡하고 금이 갔다

금이 간
날카로운 틈으로
새 떼가 날아올랐다

문수사 오르는 길

문수사
오르는 길
소나무 곁에 쉬었다

작고 마른 가지는
더 클 것 같지 않았다

비탈진
바위틈에서
한겨울 힘겨워했다

목련 이별

활짝 핀 목련 송이
봄밤에 건들댄다

더 필 것 없다고
그만 가야겠다고

취한 듯
흔들리며 한 잔
잘 놀다 이별이라고

어쩌다 바람꽃

어쩌다 어찌해서
바람꽃이 되었나

무성한 숲 그늘에서
바람 앞에 피고 지나

삶이란
어쩌지 못해
흔들리는 바람꽃

물길

비 온 뒤 운동장에
물길이 새로 났다

아이들 뛰어들어
참방참방 놀고 있다

아이들
그 물길 따라
익혀가는 세상 이치

고목

　오래전 입적하신 대덕의 뒤를 따라 산 넘고 물을
건너 심처를 찾았더니 깡마른 고목 한 그루 하늘 받
고 서 있었다

백담계곡

무산 스님
가시고 두 번째 여름 왔다

백담계곡
큰물 지고 돌탑이 무너졌다

그리움
가슴 적시며 낮게 깔린 물안개

어떤 귀가

가로등이 켜지고
눈 퍼붓기 시작했다

내리는 눈송이는
귀갓길을 재촉하고

쌓인 눈
처진 어깨 털며
한 사람 걷고 있다

사랑에게 물었다

화살이 부러졌다
뭔가 잘못 아닌가

꺾인 방향 갈 것인가
화살을 바꿀 것인가

너에게
답을 물었다
사랑은 답이 없었다

11월

만추晩秋에 만취되어
지는 잎 밟고 간다

짧은 해 슬쩍 와서
어깨를 툭 친다

뜨겁게
지는 가을이
더 뜨겁게 우는 순간

다람쥐 공양

허름한 절집 마당
기울어진 돌탑 하나

찾는 사람 별로 없고
다람쥐 공양 왔다

올릴 건
재주뿐이라
이리 뛰고 저리 뛴다

그루터기

고갯길에서 등 기대고
땀 식혔던 큰 나무

태풍 지나간 후
밑동이 동강 났다

속은 다
비어 없어졌고
껍질만 남아 있었다

그 산

그 산 이름 모르지만
그 산에 가고 싶다

그 산에 그가 누워
그 산에 눕고 싶다

천둥이
바위를 깨고
혹한 속에 꽃이 피는

봄날은 간다

봄이
살짝 더운 날
연분홍 싸리꽃

부스럭대던 풀숲에서
장끼 한 마리 나온다

그 뒤에
수줍은 까투리
봄날은 가고 있다

친구여

홀로 계신 노시인
먼저 간 친구에게

술 한 잔 따라놓고
허공에 한마디

친구여
편히 가셨는가
코로나 올 줄 어찌 알고

그리움의 여백, 역동의 고요

유성호 문학평론가·한양대학교 국문과 교수

1. 균질성과 가독성을 갖춘 언어적 의장意匠

두루 알려져 있듯이, 단시조는 시조의 원형이요 정수精髓요 궁극이다. 불가피하게 연시조나 사설시조 등 장형화한 양식들이 시조의 다양성을 유지하고 촉진해 온 것이 사실이지만, 우리의 기억 속에 들어앉은 절창들은 대체로 단수 미학의 정점에서 발화한 것들이다. 김영재의 단시조집 『유목의 식사』는 어느 것 하나 빠지지 않는 균질성과 가독성 그리고 빼어난 언어적 의장이 한 편 한 편의 단수들을 지극하게 감싸 안고 있다. 시인은 이번 단시조

집에서 구체적 감관感官과 객관적 세계를 매개하는 따뜻한 언어를 통해 가혹한 시간의 흐름에 놓인 삶과 사물의 운명을 노래해 간다. 그래서 그의 단시조는 그 어떤 예술보다도 시간과 친연성을 가지며 언어를 통한 시간 경험을 우리에게 한껏 선사해 준다. 자신이 써가는 시조야말로 시간을 가장 커다란 방법적 기제로 삼는 문학 양식임을 알려주는 것이다. 이는 그의 시조가 시간이라는 물리적 실재에 대해 관심을 가진다는 뜻이기도 하지만, 시간의 흐름에 놓인 삶과 사물의 운명에 대한 시인 자신의 반응을 그의 시조가 집중 표상하고 있음을 함의하기도 한다. 그렇게 김영재의 단시조는 시간에 대한 반응으로서의 기억의 속성을 잘 보여주는 투명하고도 아름다운 서정적 실례인 것이다. 그 시간의 흐름을 따라 새로운 서정적 온기가 따듯하게 밀려들고 있다 할 것인데, 우리는 그것을 일러 '그리움의 여백'과 '역동의 고요'라고 부를 수 있을 것이다. 이 글에서는 이러한 김영재 시학의 극점을 선사하는 몇몇 가편佳篇을 뽑아 이러한 느낌들을 구체화해 보고자 한다.

2. 원형성과 보편성을 품은 신성하고 무궁한 시간의 깊이

먼저 시인은 단시조를 통해 자연 사물들을 만나고 채집하면서 그것을 역동의 고요로 끌어올린다. 그는 자신이 살아온 시간을 되새기고 그 시간에 대해 절절한 의미를 부여해 간다. 오랜 시간의 흐름이 남겨놓은 무늬들은 시인의 삶을 환기하는 자양이 되어주고 나아가 시인이 써가는 단시조의 중요한 내질内質로 작용하게 된다. 그 점에서 김영재 시조 역시 여느 서정시처럼 시간예술의 속성을 거느리고 있다 할 것인데, 사라져 가는 것들의 잔상殘像을 기록하는 필치와 밀도 있는 사유가 전형적인 시간예술로서의 빛을 발하고 있는 것이다. 물론 그 시간은 김영재의 단시조에서 대체로 가장 축약된 공간적 은유를 통해 현상된다. 이를 통해 시인은 웅숭깊은 경험과 기억의 축도縮圖를 파생시켜 가고 있는 것이다.

삼천사 마애불 지나
계곡길 오르는데

아름드리 소나무

태풍에 쓰러졌다

사람들
밟고 가시라
다리 되어 누워 있다
　-「오래된 소나무」 전문

산벚꽃 지는데
잘 가라 봄비 내린다

가던 길을 멈추고
비를 맞고 서성였다

산꿩이
외롭게 울자
봄 산이 저물었다
　-「고요」 전문

　이 두 편의 단아한 작품에는 서경의 필치와 서정적 해
석이 결속되어 새로운 인지적, 정서적 충격을 불러온다.

앞의 작품은 오래된 아름드리 소나무가 태풍에 쓰러진 장면을 전경前景으로 제시하면서, 삼천사 마애불 지나 계곡길 오르던 시인의 시선에 의해 그 소나무가 "사람들/밟고 가시라"면서 스스로 다리가 되어 누워 있다는 해석을 결합하고 있다. 여기서 '오래된 소나무'는 시인 자신의 실존적 형상이기도 하고, 나아가 보편적 인간이 느낄 법한 시간의 깊이를 은유해 주는 형상이기도 하다. 뒤의 작품은 봄 산에서의 고요를 들려주는데, 산벚꽃이 지고 봄비가 내리는 것이 마치 이별의 과정을 겪는 것처럼 다가오는 장면을 노래하고 있다. 가던 길 멈추고 서성거리며 비를 맞는 시인이나 외롭게 우는 '산꿩'이나 모두 저물어가는 봄 산의 고요에 참여하고 있는 것이다. 따라서 이 고요는 '봄비/봄 산'과 '산벚꽃/산꿩'이 가져다준 일회적 아우라Aura인 동시에 인간 보편이 상상할 수 있는 지극한 시간의 깊이를 말해주는 것이기도 하다. 이러한 작품들은 한결같이 "한 겹씩 고요 속에/ 껍질을 벗고"(「죽순」) 있는 자연 형상의 광휘를 '역동의 고요' 속에 잘 드러내고 있다 할 것이다.

    생목으로 떨어지는

동백꽃 절창이다

다산초당 비류폭포
연못에 맴을 돌며

해배를
기다리는 단심丹心
절명이 절창이다
  ―「지다」전문

　앞에서도 소나무가 쓰러지고 산벚꽃이 지고 봄비가 내
리고 봄 산이 저물었지만, 이번에는 아예 '지다'라는 제목
을 통해 낙하落下의 상상력을 전면화했다. 그 주인공은 다
름 아닌 다산초당 비류폭포 근처에서 "생목으로 떨어지
는/ 동백꽃"이다. 이 '절명絶命'의 순간을 '절창絶唱'의 순
간으로 전이시키는 시인의 상상력은 "해배를/ 기다리는
단심"과 연결되면서 '붉은 마음丹心'의 의미망을 한껏 넓
혀준다. 한 편의 단시조 안에 웅대한 서사가 녹아 있는 그
자체로 '절창'이 아닐 수 없다. 그 안에는 가뭇없이 사라
졌지만 가멸찬 흔적으로 남아 있는 역사의 시간이자 시

인 자신의 실존적 시간이 동시에 흐르고 있는 것이다.

이처럼 김영재의 단시조에는 자연 형상에 대한 미학적 복원과 함께 사라져 가는 것들에 대한 수용의 마음이 함께 들어 있다. 시인은 '나무'와 '새'와 '꽃'이 가져다주는 시간의 이법理法에 대하여 노래함으로써 그것들이 사람 살이의 과정을 고스란히 은유하는 가장 보편적인 제재임을 다시 한번 명료하게 알려준다. 이러한 자연 사물을 향한 밝은 눈이 여기저기서 섬광처럼 빛나는 순간, 우리도 자연 사물의 외관과 속성을 따라 매우 섬세한 감동을 받게 되는 것이다. 특별히 이러한 과정은 인간과 자연이 근원적 관계를 맺고 있다는 관점을 내보이면서 인간과 자연 사이의 관계론을 지속적으로 보여준다. 그만큼 우리는 자연 사물에 대한 심미적 해석이 김영재 시조의 핵심 방법론이고 그 안에 원형성과 보편성을 품은 신성하고 무궁한 시간의 깊이가 가로놓여 있다고 말할 수 있을 것이다.

3. 존재론적 기원에 대한 추구와 재현

그다음으로 우리가 김영재 시조에서 만나볼 수 있는 음역音域은 이른바 시인 자신의 존재론적 기원에 대한 추구와 재현 과정에 놓여 있다. 이때 '기원起源'이란 지나온 시간을 직접적으로 거슬러 오를 수 있는 가장 원초적인 대상을 뜻한다. 물론 이는 시간적으로는 유년 시절이요 공간적으로는 자신이 나고 자란 고향이며 가장 직접적으로는 부모님을 함의하는 경우가 많다. 여기서 시간을 역류해 오른다는 것은 단순하게 과거를 복제하는 것이 아니라 지나온 시간을 원초적 경험의 형식으로 생성하면서 그것을 현재의 삶과 연루시키는 행위 전체를 말한다. 김영재 시인은 이러한 능동적 기억을 통해 자신의 존재론적 기원을 노래해 가는데, 말하자면 애잔하고 심원한 목소리를 통해 현실에서는 불가능한 상상적 존재 전환을 꾀해가는 것이다. 물론 그의 사유와 감각이 비현실적 몽상으로 이루어져 있는 것은 결코 아니다. 오히려 그는 불모와 부재의 현실을 순간적으로 뛰어넘어 전혀 다른 상상적 거소居所를 만들어내고 있고, 지상에서 살아가는 불가피한 존재 방식을 긍정해 가는 쪽으로 귀일해 가고 있는 것이다.

    자주 꽃 쑥부쟁이 곱게 피는 가을 오면
    어머니 마른 무릎 위로하는 벼 이삭들

    매미는
    목이 쉬어 떠나고
    당산나무 잎이 진다
    -「고향 가을」전문

  비유적 의미에서 근대인은 모두 실향민이다. 근대 서
정시는 모두 고향 떠난 이들의 노래인 셈이다. '시인 김영
재'도 "자주 꽃 쑥부쟁이 곱게 피는 가을"의 고향을 떠올
리는 실향민 가운데 하나이다. 고향에는 "어머니 마른 무
릎 위로하는 벼 이삭들"과 "목이 쉬어" 떠난 매미들 그리
고 가을이 오면 어김없이 떨어지던 "당산나무 잎"이 그대
로 있다. '벼 이삭/매미/잎'들이 떨어지고 떠난 '고향 가
을'은 "어머니 마른 무릎"처럼 오래고도 오랜 '그때 그곳'
을 순간적으로 탈환해 준다. 그러나 그 순간이 지나면 눈
물 밴 따스한 숨소리를 들려주시던 어머니도 고향도 눈

부신 세목들도 기억의 단애斷崖로 밀려날 뿐이다. 비록 "내 삶은 쏜살"(「쏜살」)이었다지만 여전히 '소년 김영재'가 눈물의 기억으로 쌓아 올린 '고향 가을'의 풍경은 그렇게 아름답고 쓸쓸하게 남아 있는 것이다.

　　고향이 수몰되고 어머니 길 떠나셨다

　　나는 순례자 틈에 끼어 천축을 떠돌았다

　　돌아와 갈 곳이 없어 담양 묘지 찾아갔다
　　ー「어머니의 집」 전문

　　아버지 무덤에 나무를 심어야겠다

　　고향이 수몰된 지 사십 년이 지났다

　　나무는 아버지처럼 고향을 지킬 것이다
　　ー「아버지 나무」 전문

　　김영재 시인의 고향은 수몰된 지 오랜 세월이 지났다.

실향치고는 가장 원천적인 물리적 격리가 이루어진 셈이다. 고향이 수몰되고 난 후 어머니도 아버지도 먼 길을 떠나셨다. 이때 시인은 고향을 떠나 순례자 틈에 끼어 천축을 떠돌았다고 고백하는데, 이 '묘지/무덤'으로의 머묾과 '길/천축'으로의 떠돎 사이에 '어머니의 집'이 있고 '아버지 나무'가 있다. 비록 자신은 떠돎을 택했지만 어머니는 '집'으로 당당하게 남아 계시고 아버지는 '나무'로 고독하게 남아 계신다. "오래전/ 떠나온 고향/ 문득 받은 친구 전화"(「전화 한 통」)가 반가운 것도 이러한 고향 생각이 시인을 온통 감싸고 있기 때문이요, "아버지가 산"(「아버지가 산이다」)임을 발견하는 것도 이러한 마음이 시인과 언제나 함께했기 때문일 것이다.

우리는 모든 기억이 과거의 사실적 재현 과정이 아니라 현재적 시선에 의해 그것을 해석하고 구성해 가는 과정임을 잘 알고 있다. 그 점에서 김영재 시인이 그려 보여주는 존재론적 기원들에 대한 기억은 시인의 현재형과 현저하게 닮아 있다고 말할 수 있다. 그만큼 지난 시간을 일일이 호명하면서도 오롯한 기억의 힘으로 자신의 기원을 노래하는 시인은 순간적으로 자신의 외롭고 쓸쓸한 삶에서 자신이 떠나온 세계로 귀환해 간다. 그렇게 시인은 '오래된 새로움'으로 기억의 심화 과정을 보여주면서 "어머니 마른 무릎"으로 삶의 웅숭깊음을 그려가고 "아버지 나무"로 삶의 위안을 깊이 경험해 간다. 결국 그의 단시조를 읽는 것은 기억 속에 있는 존재론적 기원을 톺아올리면서 우리를 새로운 명품의 감동으로 이끌어가는 그의 결기와 허기를 외롭고 높고 쓸쓸하게 만나보는 것인 셈이다.

4. 유목의 에너지를 통한 오지의 상상력

좋은 서정시는 인간의 노력으로 다가갈 수 없는 실재를 암시해 주는 동시에, 그럼에도 불구하고 끊임없이 그곳을 향해 나아갈 수밖에 없는 인간의 실존적 조건을 간접적으로 알게끔 해준다. 김영재 시조는 이러한 인간의 불가피한 존재론에서 발원하는 세계로서, 시인 자신의 존재 조건을 통해 신성한 흔적들을 기억하고 재현하려는 열망을 구체화해 간다. 앞에서 시인은 '천축'을 떠돌았다고 했지만, 더러 그것은 사막으로 초원으로 산간으로 오지로 벽지로 횡단해 가는 유목의 에너지를 통해 구현되

기도 한다. 여기서 시인이 착상하고 발화하는 열망이란 신념이나 이데올로기 같은 크고 딱딱한macro hard 것이 아니라, 세상 구석구석에서 빛으로 살아가는 존재자들의 작고 부드러운micro soft 눈물겨운 역사와 생태일 것이다. 이를 통해 시인은 자신의 인간적 한계를 넘어서면서 삶의 고통을 견디고 치유하려 한다. 자신만의 고유한 유목의 에너지를 통한 오지의 상상력을 단시조 안에 담음으로써 김영재 시인은 신성한 흔적에 천천히 가닿게 되는 것이다.

시베리아 출발한 몽골행 열차를 탔다
자작나무 숲 지나 초원을 달렸다
국경을 지날 무렵에 새벽 별이 길을 물었다
　－「새벽 별」 전문

바람은 바람끼리 몰려왔다 몰려가고

풀잎은 풀잎끼리 꽃 피우고 잠이 들고

밤 되면 어린 별들이 반짝이며 꿈꾸고

－「초원의 밤」전문

　그는 시베리아를 출발한 몽골행 열차를 타고 있다. 어디 시베리아나 몽골뿐이겠는가. 아마도 시조시인 가운데 김영재만큼 '오지의 상상력'을 평생 가꾸고 발화해 온 이는 존재하지 않을 것이다. 그는 열차를 타고 자작나무 숲을 지나 초원을 달린다. 국경을 지날 무렵 우연히 마주친 "새벽 별"이 자신에게 길을 물었다지만, 어쩌면 시인이 먼저 "새벽 별"에게 자신의 길을 묻기도 했을 것이다. 그리고 시인은 '초원의 밤'에 바람은 바람대로 풀잎은 풀잎대로 만지고 쓰다듬는데, 그들끼리 몰려가고 꽃 피우고 잠드는 시간에 "어린 별들이 반짝이며 꿈꾸고" 있는 것을 응시하기도 한다. 이 '바라봄'의 순간에 시인은 스스로 넉넉하게 '어린 별'이 되고 초원의 바람과 꽃이 되지 않았겠는가. 그래서 그는 "천둥이/ 바위를 깨고/ 혹한 속에 꽃이 피는"(「그 산」) 섭리를 따라 "삶이란/ 어쩌지 못해/ 흔들리는 바람꽃"(「어쩌다 바람꽃」)이라는 명제를 수납한 영혼이 틀림없다. 이렇게 세월의 폭과 너비를 모두 넓혀가면서 "한 그릇/ 거뜬히 비우는/ 그 사람"(「밥 한 그릇」)이 말하자면 '시인 김영재'다.

가야 할 곳 없어도
갈 곳을 만들며 간다

머무는 너를 두고
오겠다는 약속 못 했다

돌아와
너를 찾았다
너는 가고 없었다
　－「유목의 삶」 전문

어설프게 말을 몰아 돌아온 몽골의 밤

유목의 낯선 식사는 야생 염소 통구이

육질은 비리고 질겼다

나의 삶도 그러했다
　－「유목의 식사」 전문

'유목의 삶'은 무엇이고 '유목의 식사'는 어떤 것일까? 시인의 말대로, 유목이란 "가야 할 곳 없어도/ 갈 곳을 만들며" 가는 것이다. 따라서 떠남을 택한 '나'는 머묾을 택한 '너'에게 다시 오겠다는 약속을 하지 않는다(못한다). 하지만 '유목'이란 결국 다시 돌아와 '너'를 찾는 과정이기도 한데, 그리움의 원천이었던 '너'는 어느새 사라지고 없다. 이 각별한 2인칭 '너'는 시인의 고향이자 부모이자 연인이자 젊은 날이자 어쩌면 인생 자체일지도 모른다. 그러나 유목은 삶을 잃어버린 것이 아니라 '다른 삶'을 가능하게끔 해주었으니 그 자체로 '유목의 삶'이라 명명할 수 있지 않겠는가. 그리고 그 과정에서 만난 몽골의 밤에 시인은 "낯선 식사"를 하게 되는데, 야생의 식사는 비리고 질긴 육질의 감촉을 시인에게 남겼다. 그때 시인은 "나의 삶도 그러했다"고 고백하면서 어쩌면 "내 인생/ NG를 내도 한목숨 걸었다"(「NG 내다」)는 일갈을 건네고 있다. 그러니 유목은 그의 '삶'을 은유하는 형식으로 오롯하기만 하다.

 이처럼 김영재 시인은 오랜 유목 과정에서 스스로의 개성적 반응을 덧붙여 가는 과정을 하나하나 밟아간다.

어디서든 삶의 보편성을 환기하는 구체적 사물을 발견하고, 언제든 개성적이고 역동적인 시간의 해석 과정을 덧붙여 간다. 물론 이러한 구체성과 역동성은 쇄말적 물질성 안에 갇혀 있는 것이 아니라 광활한 시공 이동을 통해 근원 지향의 시정신을 발견해 가는 과정으로 현저하게 이월해 간다. 그 유목의 에너지를 통해 시인은 일종의 형이상학적 열망을 충족하면서 오지의 역사, 신화, 시원始原을 우리에게 충일하게 들려준다. 오랫동안 축적해 온 김영재만의 유목의 장관이 참으로 웅장하고 돌올하다.

5. 근원적 역리逆理를 담은 삶의 해석

김영재 단시조의 또 하나의 또렷한 권역은 인생과 사물의 본체에 관한 성찰의 모습이다. 이러한 사유 과정을 드러낼 때 시인은 정작 자신의 마음을 은근하게 숨기는 작법을 한결같이 취한다. 다만 참신한 이미지군群을 통해 삶과 사물의 본질에 직핍直逼하고 육박해 가는 미학적 목표를 다할 뿐이다. 물론 그것은 사물의 개별적 외관을 하나하나 묘사해 가는 것에 목표를 두지 않고 선명한 이미지를 통해 삶의 본질에 다가가려는 방법적 자각을 취하는 쪽으로 움직인다. 아득한 존재론적 현기眩氣를 수반하는 차원을 지향하지만 어느새 다양한 미학적 전율을 환기하는 해석 과정을 배치하면서 시인은 근원적 역리를 담은 '존재의 집'으로서의 단시조를 써가고 있는 셈이다.

운문사 일진 스님께
한 말씀 청했더니

말씀은 없으시고
빙그레 또 빙그레

수줍음 만발하여라
겨울밤 환하더라
　－「운문사 일진 스님」 전문

'운문사 일진 스님'께 정중하게 청한 "한 말씀"과 스님이 말씀 대신 건넨 "빙그레 또 빙그레// 수줍음 만발"의 순간이 대조되면서, 이 작품은 언외언言外言의 아름다운 순간을 선연하게 보여준다. 바로 이어서 환해진 '겨울밤'이야말로 '운문사雲門寺'를 '운문韻文'의 집으로 만들어준 천혜의 조건이 된다. 이러한 순간이야말로 시인의 불가적 감각과 사유를 만든 근본 요인일 것인데, 시인은 이러한 감각과 사유의 여백 속에 옹송그리고 있는 깊은 '한 말씀'을 떠올리면서 "머리를 숙이지 않고 겸손을 모른 탓"(「겸손」)을 스스로에게 주문할 수도 있었을 테고 "이 길을 가다 보면 마을이 기다린다"(「고향길」)는 성속일여聖俗一如의 차원을 몸에 담아둘 수도 있었을 것이다.

나는 물이었으니
얼음장 뚫고 나와

숲속 개울 바위틈
청정하게 흘러들어

혹한의
겨울 이야기
난바다에 들려주리
　－「봄물」전문

소나기 지나간 뒤
빗자루를 들었다

물은 본디 안에서
밖으로 흐르거늘

마당이 안으로 기울어
고인 물을 쓸었다
  ―「물을 쓸다」전문

　노자 『도덕경』에는 '상선약수上善若水'라는 말이 전하
고 있거니와, 김영재 시인은 "나는 물"이라고 고백하면서
스스로 '물'을 쓸고 있는 존재로 규정한다. 자신이 '물'이
기 때문에 얼음장 뚫고 나와 숲속 개울 바위틈을 청정하
게 흐를 수 있었을 것이다. 해빙解氷의 '봄물'이 되어 "혹
한의/ 겨울 이야기"를 난바다에 들려주는 모습은 그대로
'시인詩人'의 직임을 설파한 것이기도 할 것이다. 그런가
하면 시인은 소나기 그친 뒤 빗자루를 들어 "고인 물"을
쓸기도 한다. '물'이란 것이 본디 안에서 밖으로 흐른다는
명제는 이러한 행위의 전제가 되는데, 물리적으로 말하

면 밖에서 안으로 흐르는 것이겠지만 마당이 안으로 기울어 고인 물을 시인이 썼다는 것이다. 이처럼 겨울을 이기는 '봄물'의 상상력과 '고인 물'을 쓸어내는 마음의 흐름은 시인이 건네는 최상의 전언이 아닐까 싶다. 그에게는 "쓰러진/ 가지 끝에서/ 꽃 한 송이 피웠다"(「한 나무가 한 나무에게」)는 역리의 과정이 말하자면 가장 구체적인 삶이었던 셈이다.

이처럼 김영재의 시조는 과거에 대한 맹목의 그리움이나 현재를 넘어 미래를 예단하는 것과는 전혀 다른 개성적인 방법으로 다가온다. 그것은 일정한 시간의 흐름 뒤에 찾아오는 역설적 지혜 속에 있는 그 무엇이다. 그의 단시조는 이러한 과제를 성숙한 시선과 목소리로 감당해내는 시사적 실례로서, 시인은 따뜻하게 기억의 지층에 묻혀 있거나 어둠의 순간에 유폐되어 있을 법한 이야기를 복원하여 어떤 근원적 권역을 어루만지는 힘을 한껏 보여준다. 그래서 그것은 오랫동안 강렬한 생명의 고리로 살아온 시인 자신의 삶을 반영하는 단단하고도 고요한 성찰의 힘을 온전히 드러내고 있는 것이다.

6. 가장 깊은 기억의 심층으로서의 그리움

지금도 우리가 서정시를 쓰고 읽는 것은 서정시가 개인이나 공동체 모두에게 새로운 사유와 감각의 탄력을 부여해 줄 뿐만 아니라 시인 자신에게도 삶의 위안과 도전을 허락해 주기 때문일 것이다. 물론 이러한 사유와 감각은 어떤 지속성을 가지고 삶을 규율하기보다는 익숙한 관성에 창조적 균열을 가함으로써 새로운 시각을 마련해 주는 데 의미가 있을 것이다. 김영재 시조는 아름다운 언어와 필치를 결속함으로써 자연과 인간, 삶과 죽음, 기억과 현재형 등을 넘나들며 우리로 하여금 새로운 인지적, 정서적 충격을 경험하게끔 해준다. 더불어 그것은 사라져 가는 것들에 대한 기억과 함께 이제 그러한 시간을 되돌릴 수는 없다는 쓸쓸함을 동시에 들려주고 있다. 그의 이러한 기억과 그로 인한 무궁한 그리움의 언어는 그의 단시조가 씌는 가장 중요한 원동력이 되어주고 있고, 이러한 그리움이야말로 부재를 통해 수행해 가는 아득한 현존의 역설적 방법론이라고 해도 좋을 것이다. 이처럼 일관되게 그리움을 길어 올리고 있는 그의 단시조는 우리를 가장 깊은 기억의 심층으로 인도해 간다.

오래전 입적하신 대덕의 뒤를 따라 산 넘고 물을 건너 심
처를 찾았더니 깡마른 고목 한 그루 하늘 받고 서 있었다
　　–「고목」 전문

　　무산 스님
　　가시고 두 번째 여름 왔다

　　백담계곡
　　큰물 지고 돌탑이 무너졌다

　　그리움
　　가슴 적시며 낮게 깔린 물안개
　　–「백담계곡」 전문

　　"오래전 입적하신 대덕"이나 "무산 스님"에게서 시인
은 그리움의 향기를 맡을 뿐이다. 그 뒤를 따라 산 넘고 물
건너 심처深處/心處를 찾았지만, "깡마른 고목 한 그루"만
여전히 하늘을 받든 채 서 있을 뿐이 아닌가. '대덕/고목'
은 그렇게 인위적으로 찾아가는 심처와 관계없이 시인에

게 가장 깊은 마음의 처소를 알려준다. 백담계곡에 큰물
이 지고 돌탑이 무너질 때 새삼 "그리움/ 가슴 적시며 낮
게 깔린 물안개"는, 말할 것도 없이, 시조시인이었고 가장
너른 품과 격의 삶을 건네다가 이제는 "한 줌의 재로 흩어
진"(「질문의 시」) 스님을 추모하고 기억하는 마음이 따뜻
하게 번져간 형상이었을 것이다. 이처럼 그리움은 그 자
체에서 빛을 발하고 그 빛을 통해 삶의 아름다움을 완성
해 가는 것이지 그리움의 대상을 획득하는 데 목적이 있
는 것이 아니다. 그것은 어떤 대상을 향한 간절함이 시간
의 풍화에 따라 천천히 지워져 가다가 문득 순간적 충일
함으로 번져가는 정서적 지향일 것이기 때문이다. 그 점
에서 김영재는 영락없는 '그리움'의 시인이다.

　　그립다고 그가 오나
　　외롭다고 바람 부나

　　나무는 그 자리에
　　사시장철 서 있는데

　　꽃 지고

열매 떨어져

서럽다고 그가 오나

　－「그립다고 그가 오나」 전문

　시조집 맨 앞에 실린 이 작품은 김영재 단시조 전체를 사로잡는 언어로 가득하다. 내가 그리워한다고 그가 오겠는가? 내가 외로워한다고 바람이 불겠는가? 그리움은 그리움대로 바람은 바람대로, 나무도 꽃잎도 열매도 모두 자기 자리에서 본성대로 살아갈 뿐이지 않겠는가. 늘 한자리에 서 있는 나무나 때가 되면 떨어지는 꽃잎과 열매는 모두 '나'의 서러움 때문에 존재하지 않는다. 그리고 '나'의 그리움과 서러움의 대상이 현존으로 몸을 바꾸어 오는 것도 아닐 것이다. 그래서 우리는 오래도록 그리움의 나무처럼 꽃처럼 열매처럼 살아갈 것이고, 고향 떠나 천축을 떠도는 '유목'과 고향으로 회귀하는 '집'의 질서를 수없이 오가면서 살아갈 것이다.

　결국 김영재 시인은 단시조집 『유목의 식사』를 통해 균질적인 성취와 내공을 한결같이 보여주었다. 우리는 그의 단시조를 통해 짧막한 정형시가 인간 존재를 합리적으로만 인지하는 것이 아니라 감각적 현존을 통해서도 얼마든지 아름답고 촘촘하게 파악할 수 있는 양식임을 알게 되었다. 그 점에서 그의 단시조는 서정시가 끊임없이 우리의 현재적 감각을 탈환해 가는 예술임을 확인해 주는 더없이 확연한 물증이 되어줄 것이다. 가장 깊은 기억의 심층으로서의 그리움을 통해 삶과 사물에 대해 섬세한 기억을 보여주면서 그는 무릇 '시인'이란 언어를 통해 존재 복원의 활력과 실존적 자각 사이에서 최종적 삶의 형식을 완성하고자 하는 사제司祭임을 새겨줄 것이다. 또한 그의 단시조는 서정시의 기본 덕목인 이러한 고전적이고 조화롭고 심미적인 언어를 통해 다양하고 견고한 미학을 오롯이 우리에게 남겨줄 것이다. 나아가 우리는 그리움의 여백과 역동의 고요를 부조浮彫해 준 김영재의 단시조 미학을 새삼 기리면서, 천하를 유목하는 '시인 김영재'의 시조가 더욱 견고한 형상과 목소리를 얻어 위안과 그리움의 경험을 지속적으로 선사해 주기를, 마음 깊이, 소망해 보게 되는 것이다.